我

谷川俊太郎

田原 譯

我　谷川俊太郎詩集

目次

少年

不死

谷川俊太郎

谷川俊太郎（一九三一－）是日本最富盛名的當代詩人，劇作家、散文家、翻譯家。父親谷川徹三是日本當代著名哲學家和文藝理論家。谷川生於東京，畢業於東京都立豐多摩高中。十七歲（一九四八年）時受北川幸比古等周圍朋友的影響開始詩歌創作並發表作品。十九歲（一九五〇年）時因詩人三好達治（詩人父親的友人）將其「奈郎」等五首詩推介到《文學界》雜誌發表引起注目而一舉成名。二十一歲（一九五二年六月）出版的首部個人詩集《二十億光年的孤獨》，被公認為是前所未聞的新穎抒情詩之誕生。

相繼出版了《六二首十四行詩》、《關於愛》、《旅》、《定義》、《俯首青年》、《凝望天空的藍》、《憂鬱順流而下》、《天天的地圖》、《不諳世故》、《minimal》、《午夜的米老鼠》、《夏卡爾與樹葉》、《我》、《詩之書》等七十餘部詩集，以及理論專著《以語言為中心》、隨筆集《在詩和世界之間》、散文集《愛的思考》、《散文》、《獨身生活》、《在沉默的周圍》與舞台劇、電影與電視劇本六十餘部。並譯有《英國古代童謠集》與《花生》漫畫系列等圖畫書、詩集、傳記、小說等二百部作品。

其作品先後被翻譯成英、德、法、義、阿拉伯、西班牙、中、俄、韓、蒙古等數十種語言，分別在美國、英國、德國、法國、以色列、捷克斯洛伐克、瑞典、丹麥、尼泊爾、中國、埃及、蒙古、西班牙、塞爾維亞、韓國、俄羅斯等國家出版選輯。谷川二十二歲（一九五三年）參加由詩人茨木則子和川崎洋等創辦的同人詩刊《櫂》，並與川崎洋和水尾比呂志等一起熱衷於詩劇創作活動。與詩人、詩歌理論家大岡信、飯島耕一等形成五十年代「感受性的慶典和祭祀」（大岡信 語）的一個新詩派，在戰後崛起的日本當代詩人當中，被譽為日本現代詩歌旗手，而且以現代主義手法進行多種文藝創作，成為日本當代詩壇中最具獨特詩歌體系的詩人。二〇〇八年，詩人還與覺和歌子合作執導了一部電影《我是海鷗》。

半個多世紀以來，谷川俊太郎囊括了日本各大文學和詩歌獎。他的第二部中文版詩選集《谷川俊太郎詩選》（河北教育出版社，二〇〇四年一月）因「以平易的語言表達深刻，以簡潔的語言表達複雜，呈現出人類精神生活的共同困惑和體現出精湛的文學品質」，於二〇〇五年在中國被授予第二屆「二十一世紀鼎鈞雙年文學獎」。他的英文版和其他語種的詩集也曾在美國和英國等國家獲獎。二〇一〇年於香港牛津大學出版社出版《春的臨終——谷川俊太郎詩選》，二〇一一年獲得第三屆「中坤詩歌獎」，二〇一二年北京大學出版社出版《天空——谷川俊太郎詩選》。二〇一五年台灣合作社出版《二十億光年的孤獨》、《谷川俊太郎詩選》。

田原

旅日詩人、文學博士（日本文學）、翻譯家。一九六五年生於河南漯河，九〇年代初赴日留學，現任教於日本城西國際大學。先後出版《田原詩選》、《夢蛇》等五本詩集。曾於台灣、中國和美國獲得華文詩歌文學獎。二〇〇一年以日語創作的三首現代詩獲日本首屆「留學生文學獎」。出版日語詩集《岸的誕生》、《石頭的記憶》、《田原詩集》、《夢之蛇》等。其中《石頭的記憶》二〇一〇年獲日本第六〇屆「H氏詩歌大獎」。二〇一三年獲第十屆上海文學獎，二〇一五年獲海外華文傑出詩人獎，二〇一七年獲太平洋國際詩歌節首屆詩歌翻譯獎等。主編日文版《谷川俊太郎詩選集》（四卷）。在中國、新加坡、香港翻譯出版《谷川俊太郎詩選》（十五冊）、《異邦人——辻井喬詩選》、《薔薇樹——高橋睦郎詩選》、《天空——谷川俊太郎詩選》，以及《谷川俊太郎詩選》（單冊）、《二十億光年的孤獨》（台灣合作社出版）等。發表中、短篇小說和大量的日語論文。編選兩冊日文版《中國新生代詩人詩選》（竹內新譯）等。出版日語文論集《谷川俊太郎論》（岩波書店）等。作品先後被英、德、西班牙、法、義、土耳其、阿拉伯、芬蘭、葡萄牙等十多種語言。曾應邀參加法國駐日本大使館舉辦的詩歌之春、東京國際詩歌節、哥本哈根安徒生國際詩歌節、香港國際詩歌節、冰島詩歌節、首爾國際寫作周、台北詩歌節、上海詩歌節等。

我

自我介紹

我是一位矮個子的禿頭老人
在半個多世紀之間
與名詞、動詞、助詞、形容詞和問號等
一起磨練語言活到了今天
說起來我還是喜歡沉默

我不討厭各種工具
也很喜歡樹木和灌木叢
可我不擅於記住它們的名稱

我對過去的日子不感興趣
對權威抱持反感

我有著既斜視又亂視的老花眼
家裡雖沒有佛龕和神壇
卻有直通室內的人信箱
對我來說睡眠是　種快樂
即使做夢了醒來時也全會忘光

寫在這裡的雖然都是事實
但這樣寫出來總覺得像在撒謊
我有兩個分居的孩子和四個孫子但沒養貓狗
夏天幾乎都穿T恤度過
我創作的語言有時也會標上價格

私

自己紹介

私は背の低い禿頭の老人です
もう半世紀以上のあいだ
名詞や動詞や助詞や形容詞や疑問符など
言葉どもに揉まれながら暮らしてきましたから
どちらかと言うと無言を好みます

私は工具類が嫌いではありません
また樹木が灌木も含めて大好きですが
それらの名称を覚えるのは苦手です

私は過去の日付にあまり関心がなく
権威というものに反感をもっています

斜視で乱視で老眼です
家には仏壇も神棚もありませんが
室内に直結の巨大な郵便受けがあります
私にとって睡眠は快楽の一種です
夢は見ても目覚めたときには忘れています

ここに述べていることはすべて事実ですが
こうして言葉にしてしまうとどこか嘘くさい
別居の子ども二人孫四人犬猫は飼っていません
夏はほとんどTシャツで過ごします
私の書く言葉には値段がつくことがあります

河

黃褐色的水躊躇地流著
那就是河
棲息於地下無形者的後裔
雖知道水流向大海
可並不知曉水源自何時何地

電車一過河，旁邊的年輕女孩便打了哈欠
從那口中的陰暗深處好像湧出什麼
突然我意識到我的腦袋比身體還愚蠢
被電車搖晃著身體的我

懼怕基本上由水組成的身體
腦袋的我用語言支撐著自己

在遙遠的從前　在遙遠的地方
語言的量一直比現在少之又少
但連接陰間的力量或許一直很強

水即使變成海、雲、雨和冰
也會停留在這個星球
語言即使變成演說詩句契約書和條約
也會牢牢地佔據著這個星球

也包括我

河

土気色の水がためらいがちに流れていて
それが河なのだった
地下に棲む形をもたぬものの末裔
水が海へ向かっているのは知っているが
いつどこから湧いてきたのかは知らない

電車が河を渡ると隣の若い女が欠伸した
その口の小暗い奥からも湧いてくるものがあって
突然私は自分のアタマがカラダより愚かなことに気づく

電車に揺られているカラダの私が

ほとんど水でできていることを怖れて
アタマの私はコトバで自分を支えている

いつか遠い昔　どこか遠い所
コトバの量はいまよりずっと少なかったが
冥界とつながるその力は多分ずっと強かった

水は海に雲に雨に氷に姿を変えながらも
この星にとどまる
コトバも演説に詩に契約書に条約に姿を変えて
この星にへばりついている

この私もまた

去見「我」

從國道斜轉入縣道
再左轉走到鄉村道路的盡頭
「我」就住在那裡
不是現在的我而是另一個「我」

有一個簡陋的家
狗叫著
院子裡種著少許的農作物
我如往常一樣坐在屋外走廊上
泡了烘焙茶
沒有打招呼

我是母親生下的我
「我」是語言生下的我
哪一個是真正的我呢
儘管早已厭煩了這個話題
「我」突然開始哭泣
而被烘焙茶嗆到

已痴呆的母親的乾癟乳房
是故鄉的終點
「我」一邊抽噎著說
當我默不作聲的眺望著白晝之月
開始和結束這些更遙遠的
一點點地了然於心

太陽西下
聽著蛙聲
一鋪上被褥入睡
我和「我」就變成了〈閃耀宇宙的碎片〉

「私」に会いに

国道を斜めに折れて県道に入り
また左折して村道を行った突き当たりに
「私」が住んでいる
この私ではないもうひとりの「私」だ

粗末な家である
犬が吠えつく
庭に僅かな作物が植わっている
いつものように縁側に座る
ほうじ茶が出た
挨拶はない

私は母によって生まれた私
「私」は言語によって生まれた私
どっちがほんとうの私なのか
もうその話題には飽き飽きしてるのに
「私」が突然泣き出すから
ほうじ茶にむせてしまった

呆けた母ちゃんの萎びた乳房
そこでふるさとは行き止まりだと
しゃくりあげながら「私」は言うが
黙って昼の月を眺めていると
始まりも終わりももっと遠いということが
少しずつ腑に落ちてくる

日が暮れた
蛙の声を聞きながら
布団並べて眠りに落ちると
私も「私」も〈かがやく宇宙の微塵〉となった

某種景象

沒有人煙的原野上捲起的旋風
為無處投奔而困惑
無數被蒸發的淚水變成捲積雲
漂浮於瀕臨死亡的藍天一隅

草之間雖有散落的屍體
卻看不到啄食它們的鳥
曾經被稱為音樂之物的跡象
像怯懦的背後靈似的飄蕩

人們思考講述和寫下的所有語言

本來從開始就是錯誤
只有盯著剛生下的幼犬
發出無言的微笑才是正確的

大海上升悄悄逼近山巒
星星一顆接一顆地安息
「神」真的存在嗎
還是已經死去

世界末日是如此肅靜而美麗……

——這是我想寫下的句子
語言裡只有我的過去
卻怎麼也找不到未來

ある光景

人っ子一人いない野原に立ったつむじ風が
行き場を失って戸惑っている
気化した夥しい涙は綿雲となって
瀕死の青空の片隅に浮かぶ

草のあいだに点々と骸が転がっているが
それを啄ばむ鳥たちの姿はない
かつて音楽と呼ばれたものの気配が
気弱な背後霊のように漂っている

人々が考え語り書き継いだすべての言葉は

そもそもの始まりから間違っていた
生まれたばかりの仔犬に向けられた
無言のほほえみだけが正しかったのだ

海がひたひたと山々に近づき
星がひとつまたひとつと瞑目する
「神」がまだいるからか
それとももう死んでしまったからか

世界の終わりはこんなにも静かで美しい…

と　私は書いてみる
言葉には私の過去ばかりがあって
未来はどこにも見当たらない

早晨

先在被窩裡伸個懶腰
然後忽地起床
上廁所
去拿報紙
我是微小的發電站

飄散的落葉之力
哭鬧幼童的眼淚之力
遠去口琴的響聲之力
無意的標點符號之力
早安之力

看不見的矩陣
連接著微小的動力
我也是那其中的一個結
地球坐在桌子上
我向地球做鬼臉

喝著胡蘿蔔汁
打開電腦
發呆了一下
意想不到的語言浮現
就好像　水泡一樣

朝です

寝床の中でまずのびをします
むっくり起き上がります
おしっこします
新聞を取ってきます
私は微小なパワープラントです

散りかかる落葉の力
むずかる幼児の涙の力
遠ざかる口琴の響きの力
何気ない句読点の力
おはようの力

見えないマトリックスが
微小なパワーをむすびつけます
私もそのむすび目のひとつです
テーブルの上に地球が載っています
私は地球と睨めっこです

人参ジュースを飲みます
デスクトップのスイッチを入れます
しばらくぼんやりします
思いがけないコトバが浮かびます
こんなふうに　水泡のように

再見

我的肝臟啊　再見了
與腎臟和胰臟也要告別
我現在就要死去
沒人在身邊
只好跟你們告別

你們為我勞累了一生
以後你們就自由了
要去哪兒都可以
與你們分別我也變得輕鬆
只有靈魂的素顏

心臟啊　有時讓你怦怦驚跳真的很抱歉
腦髓啊　讓你思考了那麼多無聊的東西
眼睛耳朵嘴巴和小雞雞你們也受累了
我對你們覺得抱歉
因為有了你們才有了我

儘管如此沒有你們的未來還是光明的
我對我已不再留戀
毫不猶豫地忘掉自己
像溶入泥土一樣消失在天空吧
和無語言者們成為夥伴吧

さようなら

私の肝臓さんよ　さようならだ
腎臓さん膵臓さんともお別れだ
私はこれから死ぬところだが
かたわらに誰もいないから
君らに挨拶する

長きにわたって私のために働いてくれたが
これでもう君らは自由だ
どこへなりと立ち去るがいい
君らと別れて私もすっかり身軽になる
魂だけのすっぴんだ

心臓さんよ　どきどきはらはら迷惑かけたな
脳髄さんよ　よしないことを考えさせた
目耳口にもちんちんさんにも苦労をかけた
みんなみんな悪く思うな
君らあっての私だったのだから

とは言うものの君ら抜きの未来は明るい
もう私は私に未練がないから
迷わずに私を忘れて
泥に溶けよう空に消えよう
言葉なきものたちの仲間になろう

繼續寫

電車行駛在溪谷邊的單軌上
猴子們放棄了進化
令人懷念的風笛聲也已遠去
我只能繼續寫詩

沙發上母親讓嬰兒含住乳頭
白天的街角突然發生爆炸
在新的早晨傳來喧鬧的意見
看漫畫的少年繃著臉

那個該怎麼說呢

正史裡只有英雄齊聚
充滿瑕疵的舊影像放映著
我只能繼續寫詩

看不到結局是由於
不知道開始
我每天懷疑著相信的事
只有天空彷彿救贖一樣展開

與無處可去的垃圾一起活著
忘卻失踪者的名字
把供奉祭壇的東西作為抵押
也分不出奈米和光年的差別

被贊成和反對追問得喘不過氣來
依舊交換動搖的心情
為了追求比意義更深的至高幸福
我只能繼續寫詩

書き継ぐ

渓谷沿いの単線を電車が走っていて
猿どもはもう進化を諦めていて
懐かしいバグパイプの音も遠ざかって
私は詩を書き継ぐしかない

ソファで母親が赤ん坊に乳を含ませていて
白昼の街角で不意に爆発が起きて
新しい朝に騒がしい意見が聞こえてきて
少年はむっつり漫画を読んでいて

それがどうしたというのだろう・

正史には英雄だけが勢ぞろいしていて
疵だらけの古い映像が映っていて
私は詩を書き継ぐしかない

終わりが見つからないのは
始まりを知らないからだ
信じることを日々疑い続けて
空だけが救いのように広々している

行き場所のないゴミとともに生きて
行方不明者たちの名を忘れて
祭壇に捧げるものを質に入れて
ナノメートルと光年の区別もつかずに

息つく暇もなく賛否を問われ
揺れ動く気分をかわしながら
意味よりも深い至福をもとめて
私は詩を書き継ぐしかない

我是我

我知道自己是誰
雖然現在我在這裡
說不定馬上就會消失
即使消失我還是我
但我是不是我也無所謂

我是少量的草
也許有點像魚
雖然不知道名字
也是笨重閃耀的礦石
然而不用說我也幾乎就是你

即使忘卻也不會消失
我是被反覆的旋律
心有餘悸地踏上你心律的節拍
從光年的彼方終於來到的
是些微波動的粒子

我知道自己是誰
因此也知道你是誰
即使不知道名字
即使在哪都沒有戶籍
我也會向你顯露

我喜歡被雨水打濕

我懷念星空
因笨拙的笑話笑得打滾
超越「我是我」的陳腔濫調
我是我

私は私

私は自分が誰か知っています
いま私はここにいますが
すぐにいなくなるかもしれません
いなくなっても私は私ですが
ほんとは私は私でなくてもいいのです

私は少々草です
多分多少は魚かもしれず
名前は分かりませんが
鈍く輝く鉱石でもあります
そしてもちろん私はほとんどあなたです

忘れられたあとも消え去ることができないので
私は繰り返される旋律です
慄りながらあなたの心臓のビートに乗って
光年のかなたからやって来た
かすかな波動で粒子です

私は自分が誰か知っています
だからあなたが誰かも知っています
たとえ名前は知らなくても
たとえどこにも戸籍がなくても
私はあなたへとはみ出していきます

雨に濡れるのを喜び

星空を懐かしみ
下手な冗談に笑いころげ
「私は私」というトートロジーを超えて
私は私です

空屋 1

女人走進家門
男人從別的門進來

一言不發的男人脫了衣服
女人也脫了
女人的右手觸摸男人的下腹部

街道在灰暗的玻璃對面冒著煙
男人的手捏著女人的乳房
在含混不清的聲音中
男人進入女人

兩個身體在髒掉的床上
像大海一樣起伏……不久後靜下來
遠遠地聽得見像豆子爆裂的槍聲

一言不發的男人穿上了衣服
女人也穿了

男人走出家門
女人從別的門出去

廃屋1

家に女が入ってきた
別の扉から男が入ってきた

黙ったまま男が服を脱いだ
女も脱いだ
女の右手が男の下腹に触れた

くすんだ硝子窓のむこうに街がけむっている
男の指が女の乳首をつまんだ
くぐもった声
女に男が入ってきた

ふたつのからだが汚れた床の上で
海のようにうねって…やがて静まった
遠く豆がはぜるような銃声が聞こえる

黙ったまま男が服を着た
女も着た

家から男が出ていった
別の扉から女が出ていった

空屋 2

抽掉一塊床板
應該有一本日記隱藏其中
既拒絕人的視線
又期待被觸摸的文字
悄悄在紙上褪色
它所表達的雖然幾乎喪失了意義
但它的含義勉強保留著生命歡愉的餘韻

「八月六日　晴
《神》不用人的語言說話
用的是天空的語言、風的語言、烏鴉的語言、岩石的語言、蜈蚣的語言、毒菇的語言。
若不忘掉人的語言就無法聽到的語言、
人最初的過錯就是將它名為《神》。」

打破床板猙獰的植物侵入室內
螞蟻朝著傾斜的櫥櫃排成一長列
曾經被稱作神或什麼的東西
不會放棄不停訴說的話語

廃屋2

床板の一枚を剥がすと
一冊の日記帳が隠されているはずだ
人目に触れるのを拒みながら
触れることを期待した文字の群れが
ひっそりと紙の上で褪せていく
その明示はもうほとんど意味を失っているが
その含意は辛うじて生きる歓びの余韻を残している

「八月六日　晴
《神》は人の言葉で語らない、
それは空の言葉、風の言葉、鳥の言葉、

岩石の言葉、ムカデの言葉、毒茸の言葉で語る。
人の言葉を忘れ去らなければ聞こえない言葉、
人の最初のあやまちはそれを《神》と名づけたことだ。」

床板を割って獰猛な植物が室内を侵している
傾いた戸棚に向かって蟻が長い列を作っている
かつて神と呼ばれた何ものかは
語り続けることをやめない

空屋 3

堆積塵埃的布面椅子
手臂斷掉的某個超人滾落在地上
誰帶走了成為記憶之前的時間

風微微吹動玻璃窗
受恐嚇的是心是精神還是靈魂？
這裡有太多無法命名的東西

透明的兩個人影在接吻
故事和國境被分割
潮水從遠方的大海慢慢湧來

遲早會淹沒水中的無數文件
載浮載沉的海灘球
看不見的蜘蛛網遍布各個角落

是在何處度日呢　此刻
生活在此地的人
說不定就是我們

在沉入宛如亞特蘭提斯的海底前
無數發光的閃光燈
掠過鼻尖的明天

廃屋3

埃が積もっている布貼りの椅子
床にころがる腕のもげたなんとかマン
記憶になる前の時間を誰かが持ち去った

かすかに硝子窓を鳴らす風に
脅かされるのは心か精神かそれとも魂?
名づけ難いものが多すぎる此処

透明なふたつの人影がキスしている
分断された物語と国境
遠くの海からゆっくり潮が満ちてきて

いつか水浸しになる無数の書類
ぽっかり浮かんでいるビーチボール
はりめぐらされた見えない蜘蛛の巣

どこで暮らしているのだろう　今
此処で生きていた人々
それは私たちかもしれない

アトランティスのように海底に沈む前に
発光する無数のストロボ
鼻先を掠める明日

入睡

烏鴉在遠處聒噪
非常令人不耐地鳴叫
這樣的深夜裡是有什麼事呢
洗衣機在某處響著
天花板傳來不知名啪戚啪戚的聲響
黑色的空間在房屋外擴展
應該被生命滿足的
卻讓人想起VOID這個英文字
（屍首的頭髮長長指甲長長）

世界從何時變成這種結構了呢
失眠的時候聽到深夜的聲音在心中
變成不合邏輯的音樂

*

沒有想說的
卻爬起來在紙上寫下一行行文字
是因為想讓語言像石塊一樣滾動
氾濫的意義在暴力面前無能為力
包括眼淚
以及沉默

（胎兒長出頭髮長出指甲）

可是潛伏於語言中的寂靜
有時成為笑料
有時毫無意義
有時偽裝成歌曲
引誘人往此生的邊緣⋯⋯

＊

在深深的性高潮記憶裡甦醒的世界
存在於與這個現實的不同次元
宛如岩漿

在熔爐中似夢非夢
把人種和宗教和制度和思想和幻想和
種種混在一起變成大雜燴
等待那祕密的第一聲啼哭

入眠

遠くで鴉が鳴いている
かなりしつこく鳴いている
こんな夜中に何用か
どこかで洗濯機が唸っていて
天井から得体の知れぬパチパチいう音

家の外には黒い空間がひろがっている
いのちに満たされているはずなのに
それがVOIDという英語を思い出させる

（シカバネノカミガノビルツメガノビル）

いつから世界はこんな組み立てになったのだろう
眠れぬままに聞く夜中の音が心の中で
不条理な音楽になる

*

言いたいことはないのに
起き出して紙に語を並べるのは
言葉を石ころのように転がしておきたいから

氾濫する意味は暴力の前に無力だ
涙もそして
沈黙ももちろん

（タイジニカミガハエルツメガハエル）

だが言葉にひそむ静けさは
ときに笑いに
ときに無意味に
ときに歌に変装して
人をこの世の縁《へり》にいざなう…

＊

深いオーガズムの記憶に甦る世界が
この現実とは別次元に存在する
マグマのように

その坩堝の中で夢うつつに
人種と宗教と制度と思想と幻想と
そんな何もかもをごった煮にして待つ
ひそかな産声を

二×十

在這個星球灑落的言論塵埃之上
無精打采地漂浮著詩歌的朝靄

那天手指觸碰過的臉頰
現在只是白紙上的一行文字

舌頭靜默地舔舐著
眼睛看錯的東西

心忘卻的一瞬一瞬
落在靈魂上堆積著（吧）

在語言的小道上走得精疲力竭
坐在沉默的迷途　發笑
字典測不出一個單詞的深度
詞彙散亂在知性的淺灘
語言是皮膚　黏在現實的肉上
詩歌是內視鏡　在內臟的暗處動彈不得
在譬喻無可救藥的絢爛之後
沉默中途收場
意思呼喚著意思

忍受不住黃昏的孤獨

夜越來越深

明天在底層冒出淡淡的煙

二×十

この星から零れる言論の塵芥の上に
詩の朝靄が物憂げに漂っている

あの日指先で触れた類
いまは白紙の上の一行でしかない

舌は語らずに舐めている
目が見損なってきたものを

心の忘れ去った一瞬一瞬が
魂に降り積もっていく（だろうか）

言葉の細道を歩き疲れて
沈黙の迷路に座りこみ　笑う

一語の深度を辞書は計れない
知性の浅瀬に語彙が散らばっている

言語は皮膚　現実の肉に貼り付く
詩は内視鏡　内臓の冥さに立ちすくむ

比喩の度し難い絢爛のあと
沈黙がし残したこと

意味が意味を呼んでいる

夕暮れの心細さに耐えかねて
夜はどこまでも更けていって
明日はその底で微かに薫っている

盯著院子看

我知道
你已不再讀詩
書架上曾經讀過的詩集
幾十冊陳列著
可是你不會再去打開那些書頁

取代的是你透過玻璃窗
盯著看雜草叢生的狹小院子
幾乎要說自己能理解
隱藏於那裡面看不見的詩
對著土螞蟻葉子花朵凝視著

「沙麗離開，不知去向何方」
你用不能成為聲音的聲音哼出
是自己寫下的一行嗎
還是哪位朋友寫下的呢
無論如何都會好轉的

從語言灑落的
從語言溢出的
頑固拒絕語言的
語言無法觸摸的
語言扼殺的

對這些不能哀悼又無法祝福的東西
你盯著院子看

庭を見つめる

私は知っている
君が詩を読まなくなったことを
書架にはかつて読んだ詩集が
まだ何十冊か並んでいるが
君はもうそれらの頁を開かない

その代わり君はガラス戸越しに
雑草の生い繁った狭い庭を見つめる
そこに隠れている見えない詩が
自分には読めるのだといわんばかりに
土に蟻に葉に花に目をこらす

「サリーは去った　いずくともなく」
声にならぬ声で君は口ずさむ
自分の書いた一行か
それとも友人だった誰かのか
それさえどうでもよくなっている

言葉からこぼれ落ちたもの
言葉からあふれ出たもの
言葉をかたくなに拒んだもの
言葉が触れることも出来なかったもの
言葉が殺したもの

それらを悼むことも祝うことも出来ずに
君は庭を見つめている

詩人的亡靈

詩人的亡靈佇立著
對著空屋傳來滴答雨滴的玻璃窗外
不滿於自己的名字只是留在文學史的一角
不滿於只是把女人逼到了絕路
對來世的安於現狀感到愧疚不安

雖然已不能再發出聲音
但化成文字的他卻存在著
在新舊圖書館地下的書架深處
仍與摯友爭奪著名聲
終於無法再回答詩的問題

他相信自己讀過藍天的心
也相信懂得小鳥啾鳴的原因
像鍋灶一樣與人們一起生活
相信已領會了隱藏在叫喊和細語裡的靜穆
不流一滴血和汗

詩人的亡靈旁邊是犀牛的亡靈
納悶地探視著鄰人的臉
不知道與詩人同是哺乳動物的犀牛說
人啊　請你給我唱一首搖籃曲
不要區別親密的死者與詩人

詩人の亡霊

詩人の亡霊が佇んでいる
廃屋の雨滴の伝わる窓硝子の向こうに
文学史の片隅に名を残しただけでは満足せず
女を死に追いやっただけでは満足せず
あの世に安住するのを潔しとせずに

もう声をあげることは出来ないが
数々の文字と化して彼はいる
新旧の図書館の地下の書棚の奥で
いまだに親友と名声を競いあっている
ついに詩の問いかけに答えられずに

彼は青空の心を読んだと信じた
小鳥の囀りの理由を知ったと信じた
鍋釜のように人々とともに暮らし
叫びと囁きにひそむ静けさを会得したと信じた
一滴の汗も血も流さずに

詩人の亡霊の隣にいるのは犀の亡霊
訝しげに隣人の顔をのぞきこむ
犀は詩人も同じ哺乳類だったことを知らない
人よ　どうか子守唄を歌ってやってくれ
親しい死者と詩人を区別せずに

擁護詩以及小說何以無聊

「詩因無所事事而忙碌」
——比利・科林斯（Billy Collins，小泉純一 譯）

用MS明體的足跡踢散
初雪的早晨般記事本的白色螢幕的不是我
那是小說做的
只能寫詩真的是太好了

小說好像認真地苦惱著
讓女人拎著剛買回的無印皮包好呢
還是讓她拎著母親遺留下的古馳包包呢

從此沒完沒了的故事就開始了
複雜化的壓抑和愛憎
不可開交

詩有時忘我地輕飄飄浮在空中
小說謾罵這樣的詩是薄情寡義不諳世故
並不是不能理解

小說用幾百頁的語言把人關在籠子裡之後
就挖洞逃跑
但是要說首尾呼應挖通的洞口是何地
那是孩提時住過的巷弄深處
詩歌吊兒郎當地佇立在那裡
與柿樹等一起

說著對不起

描寫人的行為的是小說的工作
給人帶來無數歡喜的是詩的工作

小說走的路蜿蜒曲折地通向人間
詩連蹦帶跳走的路越過筆直的地平線
二者都無法讓飢餓的孩子吃飽
但至少詩不怨恨世界
因為幸福的風吹進了肺腑
即使喪失語言也不害怕

小說在找靈魂出口急得發瘋時
詩用不分宇宙和舊鞋的懶洋洋聲音唱著歌

在用祖先神靈口耳相傳的歌曲中興高采烈地穿越時空

朝著人類不會滅亡的方向

詩の擁護又は何故小説はつまらないか

「詩は何もしないことで忙しいのです」
――ビリー・コリンズ（小泉純一訳）

初雪の朝のようなメモ帳の白い画面を
ＭＳ明朝の足跡で蹴散らしていくのは私じゃない
そんなのは小説のやること
詩しか書けなくてほんとによかった

小説は真剣に悩んでいるらしい
女に買ったばかりの無印のバッグをもたせようか
それとも母の遺品のグッチのバッグをもたせようか

そこから際限のない物語が始まるんだ
こんぐらかった抑圧と愛と憎しみの
やれやれ

詩はときに我を忘れてふんわり空に浮かぶ
小説はそんな詩を薄清者め世間知らずめと罵る
のも分からないではないけれど

小説は人間を何百頁もの言葉の檻に閉じこめた上で
抜け穴を掘らせようとする
だが首尾よく掘り抜いたその先がどこかと言えば
子どものころ住んでた路地の奥さ
そこにのほほんと詩が立ってるってわけ
柿の木なんぞといっしょに

ごめんね
人間の業を描くのが小説の仕事
人間に野放図な喜びをもたらすのが詩の仕事

小説の歩く道は曲がりくねって世間に通じ
詩がスキップする道は真っ直ぐ地平を越えて行く
どっちも飢えた子どもを腹いっぱいにはしてやれないが
少なくとも詩は世界を怨んじゃいない
そよ風の幸せが腑に落ちているから
言葉を失ってもこわくない

小説が魂の出口を探して業を煮やしてる間に
宇宙も古靴も区別しない呆けた声で歌いながら

祖霊に口伝された調べに乗って詩は晴れ晴れとワープする
人類が亡びないですむアサッテの方角へ

朝向「詩人之墓」的墓誌銘

無限沉默的我
將語言給予你。
——「神思考人類」蘇佩・維埃爾（Jules Supervielle，中村真一郎 譯）

出生時
我沒有名字
像水的一個分子
可是母音很快被口授
子音搔著耳朵
我被召喚
從世界分離出去

讓大氣震顫
鐫刻在泥板上
雕鏤在竹子上
記載在沙上
語言是洋蔥皮
剝掉一層又一層
也看不到世界

丟掉語言
我想變成搖動的樹木
變成十萬年前的雲朵
變成鯨魚的歌聲
此刻我回歸無名
眼睛耳朵和嘴巴被泥土堵住
已把手指託付星星

「詩人の墓」へのエピタフ

無限の沈黙である私は
お前に言葉を與へてやらう。
――「神が人間を考へる」ジュール・シュペルヴィエル　中村真一郎訳

生まれたとき
ぼくに名前はなかった
水の一分子のように
だがすぐに母音が口移しされ
子音が耳をくすぐり
ぼくは呼ばれ
世界から引き離された

大気を震わせ
粘土板に刻まれ
竹に彫りつけられ
砂に記され
言葉は玉葱の皮
むいてもむいても
世界は見つからない

言葉をなくして
そよぐ木々になりたかった
十万年前の雲になりたかった
鯨の歌になりたかった
今ぼくは無名に帰る
目と耳と口を泥にふさがれ
指をもう星に預けて

只變成語言

——給中原中也1

只變成語言
山發呆地蹲下
港口在微陰的天空下
彷彿盤算著什麼

別的國家也是這樣嗎
大海淡淡地隔開陸地
就連罪人們深深哀嘆的感嘆詞
也只變成語言

即使跌倒也不白站起來的商人
待在充滿著電子的浴槽裡
很久以前寫的情書
也只變成語言

年輕少女被緊緊綁住的脖子上
浮起青筋
只變成語言
詩從世界漸漸剝落……

謊言！謊言！
說什麼只屬於語言之物
用短刀刺入大腿

那裡不是侍童當作打瞌睡的地方嗎?!

——寂靜
之後只有寂靜本身
稻草人們落魄潦倒
用稻草的頭冥想

往誰家飯桌上的
鴛鴦碗裡盛飯
飯冒著熱氣
冒著微微的熱氣

編按

1　中原中也（一九〇七－一九三七），日本詩人、譯者，山口縣人。

言葉だけに

——呈　中也

言葉だけになってしまって
山はぼうっとうずくまってる
港は薄曇った空の下
何事か思案している

他処の国でもそうなのだろうか
海は淡々と陸と陸を隔て
罪人たちの深い嘆きの感嘆詞さえ
言葉だけになってしまって

転んでもただで起きない商人は
電子まみれでバスタブにいる
大昔に書いた恋文も
言葉だけになってしまった

緊縛された若い女の首筋に
青い静脈が浮いている
言葉だけになってしまって
詩は世界から剥落しかけて……

嘘だ！嘘だ！
何が言葉だけなものか！
太腿を脇差で刺して

小姓は居眠りすまいとしたではないか！

——静けさだ
あとは静けさあるのみだ
案山子たちは尾羽打ち枯らし
藁の頭で瞑想し

どっかの家の食卓の
夫婦茶碗によそわれて
ご飯が湯気を立てている
ほのかに湯気を立てている

音樂

溫和地點頭
行板結束
兩個和音是剎那間的來訪者
從意義無法抵達的遠方而至
然後再返回原處

在幻影般纖細蜘蛛絲的一端
蜘蛛被風搖動
就在凝視它時
最終樂章開始了
搶先攫取最後的寂靜

思考過的一切
被吸入時間的洞穴
人不知所措地誕生
彷彿潺潺溪流一樣清澈的此刻
愛著世界

音楽

穏やかに頷いて
アンダンテが終わる
二つの和音はつかの間の訪問者
意味の届かない遠方から来て
またそこへ帰って行く

幻のようにか細い糸の端で
蜘蛛が風に揺れている
それを見つめているうちに
フィナーレが始まる
最後の静けさを先取りして

考えていたことすべてが
時の洞穴に吸いこまれ
人はなすすべもなく生きている
せせらぎのように清らかに今
世界を愛して

「音之河」

——給武滿徹 1

音之河流動在樹木和樹木之間
也流動在積雨雲和玉米田之間
大概也流動於男女之間

你讓那股潛流響徹在我們的耳鼓
以鋼琴以長笛以吉他以聲音
有時也以沉默

音樂不管經過多久都不會變成回憶

因為此刻向著未來發出迴聲
你也永遠都不會消失

穿著你留在今世的衣服
我傾聽著你在那來世的歌
暮色慢慢地順著環繞大廳的樹木落下

語言的秩序一點點地退回背景裡
我們在耳邊感受到
充滿對世界的矛盾的溫暖嘆息

譯註 1 武滿徹（一九三〇－一九九六），日本當代著名作曲家、散文家。生前與谷川俊太郎、大江健三郎、小澤征爾等詩人、藝術家情同手足。

「音の河」

—武満徹に

音の河は樹木と樹木のあいだに流れている
積乱雲と玉蜀黍畑のあいだにも
たぶん男と女のあいだにも

きみはその伏流をぼくらの内耳に響かせる
ピアノでフルートでギターで声で
ときに沈黙で

音楽はいつまでたっても思い出にならない

この今を未来へと研させるから
きみもいつまでもいなくならない

きみがこっちに置いていった服を着て
ぼくはそっちにいるきみの歌を聴く
ホールを囲む木立にゆっくり夕闇が下りてきて

言葉の秩序は少しずつ背景に退いてゆき
世界の矛盾に満ちた暖かい吐息を
ぼくらは耳元に感じる

Where is HE?

見到他的夏天
聽到他聲音的秋天
能拍打他肩膀的冬天
以及再也不來的與他的春天

可是他至今仍反覆到訪
從沉默的遠方帶來聲音
傳入我們的耳朵
觸碰來自看不見世界的波動
微微顫動的鼓膜

被聲音的原子創造
超越意義的另一個真實

他就存在於此
在新誕生的聲音裡　在繼續復甦的聲音裡
用健全的耳朵傾聽

Where is HE?

姿が見えていた夏
声が聞こえていた秋
肩をたたくことのできた冬
そして二度と来なかった彼との春

だが彼はいまもなお繰り返し訪れる
沈黙の彼方から音を連れて
私たちの耳に

目に見えぬ世界からの波動に触れて
かすかに震える鼓膜

音の原子によって創られた
意味を超えたもうひとつのリアル

そこに彼はいる
新しく生まれる音　甦り続ける声に
すこやかな耳をすまして

《夢的引用》的引用

滴水
……波紋的
寂靜
聲音
在尋找著
歸宿
影子
悄悄地
靠近

波浪的忐忑
風的
悸動
野獸的閨房話
礦物的
呢喃
窺視
地獄的
花朵
突然的

丑角
和女王

時光
打上了
句號

記憶
被搔癢得
微微笑

城廓與
庭院與
乾涸的噴泉

苦澀的
談話
片段

年輪
回答
站立的緣由

神的沉默
潛入散亂的
電子

像慧星的

尾巴一樣
回歸

靈魂的
樹木的
吵嚷

人在哪裡？
從何時變得如此
遙遠……

借景永恆
水平線的
慶祝和祭祀

真空裡
星星的胎兒的
歌

《夢の引用》の引用

滴る水
…波紋の
静寂

音は
帰るところを
探している

影が
ひそやかに
近づき

波の胸騒ぎ
風の
動悸

獣の睦言
鉱物の
喃語

奈落を
覗く
花

突然の

道化と
王女

時が
句点を
打つ

記憶が
くすぐられて
微笑み

城と
庭園と
涸れた噴水

苦い
会話の
断片

立ち昇る何故に
答える
年輪

散乱する
電子にひそむ
神の無言

彗星の

尾のように
回帰する

魂の
木々の
ざわめき

人はどこ？
いつかこんなにも
遠く…

永遠を借景に
水平線の
祝祭

真空に
星の胎児の
歌

基於「傍晚」的十一個變奏

西斜的陽光
為橡樹的葉緣塗上色彩
彷彿就此溶入草坪

會客室的旋轉窗
變成雲朵小小的穿衣鏡
怯懦地映照著夕光

今天也是一整天的晴空
西斜的陽光
漸漸拉長了影子

*

西斜的陽光中
孩子們不知何時
都各自回家去了
長椅上的老人闔上書本
從歷史的黑暗回到現實
可是使理性的光輝閃耀的
卻盡是斷頭台之類
不吉利的凶器
潛入黃昏朦朧的幽暗
依附著夢幻般愛的記憶

1950.1.9

老人走出公園踏上回「家」的路

*

樹木向著天空生長
把自己記入年輪
人也向著天空踮起腳
開始在宇宙中徬徨
可那記錄卻不像年輪一樣
有著中心
西斜的陽光中

樹梢是指向天空的金色箭頭

我想緊靠著樹
在中心誕生的瞬間

正垂直穿過宇宙時
我如此相信

*

「你是透明的玻璃呢」
女子說
「光無法停留在自身中噢
因為害怕影子」

「你是鏡子啊」
男子說
「光會反射所有
你也害怕影子吧」
想創造出西斜的陽光
燈光師在後面正流著汗水
「真是讓人害羞的台詞啊」
女子說
「光或許是理性的隱喻」
「那麼影子便是潛意識啦」

男子說
「光也無法抵達內臟」
「那是看得見的光啊」
女子說
「但看不見的光
始終貫穿著我們」

*

深海的午後
龍宮闃寂無聲
龍女早已仙逝
貝殼泛著淡藍的光

海藻隨著海水搖晃
這裡沒有時間的印記
只有緩緩呈渦狀的晃動
有時不知哪裡的軍艦聲納來敲門
但龍宮螺鈿的門扉卻依舊緊閉
等待著世界末日

*

桌上放著小火盆
旁邊是半裸拉著大提琴的男子
泛黃的陽光從百葉窗射入
故事在這樣的場景下展開
不久一群警察就包圍這個家

正在練習巴爾托克作品的男子被射殺
……對這樣的故事大綱
作家（三十六歲女性）已經開始厭倦
她用舊了的白色蘋果電腦上
也灑滿了和故事中一樣泛黃的陽光
黑貓蜷縮在沙發上

聽到從遠處傳來「晚霞夕照」的管鐘聲
不是在故事中也不在這首詩中
而是在此時此地寫下這些文字時我肉身的耳中

*

在一家叫做「下午茶」的店裡

我一邊喝著熱茶一邊思索
意義像霧一樣籠罩人心
以前語言不是更沉默的嗎
不是只存在於那裡的嗎
不被意義所打垮　如同破損的碗
不同於正在播放的背景音樂的樂曲
隱約響起
於我內心深處

*

男孩子們在森林吵嚷著
因為清晨的提問得不到父母和老師的回答

他們沒有覺察地解讀
樹間因暮色而拉長的影子
不要依賴大人
就必須朝大海而去

傳說和童話也都是瞎扯
走出森林一踏上滿是碎石的小路
他們就已變成迷路的孩子
小蜥蜴在草叢中看著
老鷹從卷雲下看著
跌倒的孩子無人扶起

海從遠方搭話
可它的意思只有老了才能領會

隨著臉頰上的胎毛泛起金色的光輝
男孩們放慢步伐
終於停下腳步
女孩們到底在哪裡啊……

*

午後姍姍來遲的人說
「在海邊撿了這個」
大小如玻璃彈珠
被海浪磨圓的淡藍色玻璃碎片
「隨處可見的東西啊」
但是好美……讓人感覺到無限的美

那人說著　一副快要哭出來的表情

那人已不再年輕
我也已經不再年輕　兒時共同的玩伴死了
今晚是靈前守夜

那些微不足道的　無關緊要的
甚至不知道存在意義的東西
「感情都寄託在它們上面了」
我聽著那聲音繫上了黑色領帶

*

在你的幻想中我到底是誰

映在搖曳水波中的臉
真的是我嗎

語言向語言伸出無依無靠的觸手
映像閃爍著溶於黑暗
在你的幻想中我數著度過的下午
被金色之光浸染的哀傷
也是從母親的子宮裡誕生的嗎

你曾經對我說過
有些問題詩不要回答
在你幻想中那時的我
究竟是誰呢

*

「在水流中漂流而下……
在金色的光芒中徘徊不前……
生命若不是夢，那又是什麼呢？」

（Lewis Carroll，生野幸吉 譯）

*

我想　一些忘記寫下的事
大概都是像塵絮般的事　不
是數百萬光年之外的星雲一樣的事
那些忘記寫下的事
在書信裡？　在日記裡？　還是在詩裡？

忘記寫下的事
在語言面前突然停下腳步的事
如果有　它在哪裡？
穿衣鏡裡映出六十年前的草地
一個青年獨自走來

和他攀談就能想起嗎
走過去擁抱呢　還是凝視呢
謾罵呢　毆打呢　刺他呢　還是
並沒有什麼忘記寫下的事嗎
即使已經回想起來了

譯註 1 這首詩是譯者執教的碩士班翻譯演習課上給學生們的作業，最初分別由留學生劉沐暘、吳天嬌、張曉瑩、鄧陽璐各負責三節譯成中文，最後由譯者校閱修改而成。

「午後おそく」による十一の変奏

かたむきかけた日の光は
かしの葉のふちをいろどり
そのまま芝生にとけこむようだ

応接間の回転窓は
雲の小さなすがたみとなり
気よわく夕日に対している

今日もいちにち快晴
かたむきかけた日の光が
だんだん影をのばしてゆく

＊

かたむきかけた日の光に
子どもたちはいつか
散り散りにうちへ帰って行った
ベンチで老人は本を閉じて
歴史の暗がりから戻ってきたが
理性の光がきらめかせたのは
ギロチンをはじめとする
まがまがしい凶器のたぐいばかり
黄昏のけむるような薄闇にひそむ
あえかな恋の記憶に縋って立ち上がり

1950. 1. 9

公園を出て老人は「ホーム」に戻って行く

＊

木は空へと伸びてゆく
年輪に自分を記録しながら
ヒトも空へと背伸びし
宇宙にさまよい出てゆくが
その記録は年輪のような
中心をもたない
かたむきかけた日の光に

梢は天を指す金色の矢印
私は木に添いたい
中心にある誕生の瞬間が
垂直に宇宙へ通じていると
信じて

＊

「あなたは素通しの硝子ね」
と女が言う
「光を自分の中にとどめておけないのよ
影が怖くて」

「きみは鏡だな」
と男が言う
「光をすべて反射してしまう
きみも影が怖いのかな」

かたむきかけた日の光をつくろうと
裏で照明さんは汗をかいている

「なんだか気恥ずかしい台詞ね」
と女が言う
「光は理性の暗喩のつもりかしら」
「とすると影は潜在意識だな」

と男が言う
「光も内臓にまではとどかない」
「目に見える光はね」
と女は言う
「でも目に見えない光は
どこまでも私たちを貫いてくる」

*

深い水底の午後
竜宮はひっそりと静まりかえっている
乙姫がみまかって既にひさしい
貝類はうす青く光を放ち・

藻類はゆらゆらと潮に身を任せている
ここでは時は刻まない
ゆるやかに渦巻いてたゆたうだけ
時折どこかの艦のソナーがノックするけれど
竜宮の螺鈿の扉は閉じられたまま
ハルマゲドンを待っている

*

ティテーブルに小火器が置いてある
かたわらに半裸でチェロを弾いている男
よろい戸から黄ばんだ日差しがさしこんで
物語はこの場面では寛いでいるが
もうすぐ警官の一群がこの家を取り囲み

男はバルトークを練習しながら射殺される
……という筋書きに
作家（三六歳の女性）はもう飽き始めている
彼女の使い古した白いマックにも
物語の中と同じ黄ばんだ日差し
カウチで黒猫が丸くなっている

遠くから「夕焼け小焼け」のチャイムが聞こえてくる
物語の中ではなくこの詩の中でもなく
いまここでこれを書いている生身の私の耳に

＊

「アフタヌーンティ」という店で

熱いチャイを飲みながら思った
意味がヒトの心を黴のようにおおっている
むかし言葉はもっと無口だったのではないか
ただそこにあるだけだったのではないか
意味に打ちひしがれず　欠けた茶碗のように

流れているＢＧＭとは違う音楽が
かすかに鳴っている
私の深みで

＊

森の中で男の子らが騒ぎ出している
朝の質問に親たちも教師も答えてくれないから

木の間がくれの日の光に伸びてゆく影を
彼らは気づかずに読み解く
大人に頼ってはいられない
海に向かわなければ

昔話もお伽話も当てにはならない
森を出て石ころだらけの小道をたどり始めて
もう彼らは迷子になっている
草のあいだで小さなトカゲが見ている
巻雲の下からトンビが見ている
転んだ子を誰も助けない

海は遠くから語りかけてくるが
その意味を悟るには老いねばならない

頬の産毛が金色に輝くにつれて
男の子らの足どりはゆるやかになり
やがて立ち止まってしまう
女の子たちはどこにいるのか……

*

午後おそくやって来てその人は言う
「浜辺でこれを拾ったの」
大きめのおはじきのような薄青色の
波に磨かれて丸くなった硝子のかけら

「ありふれたものね」
でも美しい……限りなく美しいと感じるのと

その人は言う　なんだか泣きそうな顔で
その人はもう若くはなくて
私ももう若くはなくて　共通の幼馴染が死んで
今夜がその通夜

なんでもないもの　どうでもいいもの
存在する意味すら分からないもの
「そんなものに気持ちが寄っていってしまうの」
その声を聞きながら私は黒いネクタイを締めている

＊

君の幻想の中でぼくはいったい誰なのだろう

波紋に揺れる水に映った顔は
本当にぼくなのだろうか

言葉は言葉へと頼りなげな触手を伸ばし
映像は明滅しながら闇に溶けていく
君の幻想の中でぼくは過ぎ去った午後を数える
金色の光に侵されたあの哀しみも
母の子宮から生まれてきたものなのだろうか

詩で答えてはならない問いがある
いつか君はぼくに向かってそう言った
君の幻想の中でそのときぼくは
いったい誰だったのだろう

＊

「ながれをただよいくだりながら………
金いろのひかりのなかにためらいながら………
いのちとは、夢でなければ、なんなのだろう？」
（ルイス・キャロル・生野幸吉訳）

＊

書き忘れていることがある　と思う
多分綿埃のようなこと　いや
何百万光年かなたの星雲のようなこと
書き忘れていることがある
手紙に？　日記に？　それとも詩に？

書き忘れていること
言葉の手前でふと立ち止まってしまったこと
それがあるのは　どこ？
姿見に六十年前の芝生が映っている
ひとりの青年が歩いてくる

彼に話しかければ思い出すのだろうか
近寄って抱擁すれば　目をじっとのぞきこめば
罵れば　殴れば　刺せば　それとも
書き忘れていることなどどこにもないのか
たとえ思い出したとしても

雲的路標

少年1

撒下光的孢子
用力揮手
向著被告知不能去的方向
少年忍不住出發

好幾條岔路
該如何選擇啊
他把慢慢變換的雲當作路標
一邊輕鬆地望著天
由於不知道真正的目的地

群山森林溪流都如同歌謠
直到身心所負的傷
在不知不覺中疼痛起來

少年帶著鳥獸昆蟲作旅伴
遠離母親兄弟
甚至不曉得自己迷了路
少年已經混入了風景

雲の道しるべ　少年1

光の胞子を撒き散らして
力いっぱい手をふっている
行ってはいけないと言われているほうへ
少年は行かずにいられない

いくつにも分かれている道を
どうやって択んでいるのだろう
ゆるやかに姿を変える雲を道しるべに
軽やかによそ見しながら

ほんとうの行く先を知らないから

山々も深い森もせせらぎも歌のようだ
こころとからだに負った傷が
いつか痛み出すまでは

獣たち鳥たち虫たちを道連れに
母からも兄からも遠く
とっくに迷子になっているのにも気づかず
少年はもう風景にまぎれている

生命的草叢

少年2

音樂永遠沒有終結
無法在此待下去
我越過星星的地平
走在生命的草叢

母親不知何時離去
父親也不知何時拄著拐杖
告別故土
把沾上指紋的空玻璃杯作為遺物
我想這樣就好了

美無處不在
沒有任何結束的事情
沿途採摘的野花已令人懷念

當再見成為你好之時
我已經從遙遠的旅途歸來
捧著看不見的伴手禮
和未曾出生的妹妹一起

いのちの草むら　少年2

音楽がいつまでも終わらないから
ここにいることが出来ない
ぼくは星の地平を越えて
いのちの草むらを歩いてゆく

お母さんはいつか立ち去る
お父さんもいつか杖をついて
かりそめのふるさとを後にする
指紋のついた空のグラスを形見に

それでいいんだとぼくは思う

何もかも美しいから
終わってしまうものは何もない
道すがら摘んだ野花がもうなつかしい

さようならがこんにちはになるとき
ぼくは遠い旅から帰ってくる
目に見えないお土産を手に
生まれなかった妹といっしょに

未來的小狗

少年3

愛我的未來小狗
在海岬的獨棟房子陽台上搖尾巴
到能見到它的那天為止
我每天都堅持不懈地寫日記

寫某一天森林裡的七葉樹
寫某一天抽筋的腳
還寫某一天有個漂亮的孤兒
然後我漸漸長大

昨天在我一個人造訪的天文台

看到了三萬年前的星空
它們在我的頭頂慢慢旋轉
不知何故我流下眼淚

我死去的那天
星星依然璀璨
那時我未來的小狗說不定
就在我身邊

未来の仔犬　少年3

ぼくを愛してくれる未来の仔犬が
岬の一軒家のテラスでしっぽをふっている
あいつに会える日がくるまで
ぼくはまいにち日記を書きつづける

ある日は森のトチの木のことを
ある日はこむらがえりになった脚のことを
またある日は美しいみなしごのことを
そしてぼくは少しずつ大きくなる

昨日ひとりで行ったプラネタリウムで

三万年前の星空を見た
ぼくの頭の上でそれはゆっくり回っていた
どうしてか涙が出てきた

ぼくがいなくなってしまう日にも
星はちゃんと輝いていて
もしかするとぼくの未来の仔犬は
ぼくのかたわらにいる

與母親相會

少年 4

我一個人去了從前
蝴蝶在從前陰沉的空中翩翩飛舞
有個女孩看著它
孤單單地坐在草地上

孤寂的情感源於何時何地
我在默不作聲的女孩身邊坐下
盯著一對交尾的蝴蝶
這女孩說不定就是我的母親

一條誰也未曾走過的路

向著地平線消失
只有隱隱約約的弦樂聲
挽留我在這個世間

遙遠的未來即使也變成了從前
我一定還在這裡
只要把愛牢記在心
就會對死亡感到歡愉

母に会う　少年4

ぼくはひとりで昔へ行った
昔の曇り空に蝶がひらひら飛んでいる
それを見ている女の子がいる
ぽつねんと草に坐って

さびしさという感情はいつどこで生まれたのか
口をきかない女の子のとなりに坐って
ぼくは番っている蝶をみつめる
この子はぼくの母かもしれない

まだ誰もたどったことのない道が

地平へと消えてゆく
かすかな弦楽の音だけが
ぼくをこの世につなぎとめている

遠い未来が昔になる日にも
ぼくはきっとここにいる
愛することをおぼえ
死ぬことにさえ歓びを感じて

走向音樂

少年5

於是我走在音樂中
沒有人影
但廣場上充滿了生命
下面是深深的大海

樹木那看不見的一生成為過去
罪惡因被原諒的預感而顫慄
王子和農奴的記憶混雜在一起
星星之卵佈滿天空

我通體透明

我的心情藏在桃色內臟深處
擴展到宇宙的邊際
向著前方散落

然後我回來了
因為藉著擴音器真空管的微光
寄居在那裡的東西
知道那是我活著的證明

音楽の中へ　少年5

それからぼくは音楽の中を歩いて行った
人影はなかったが
広場はいのちに満ちていて
その下に深い海をかかえていた

見えない木々の一生が過ぎてゆき
罪は許される予感におののき
王子と農奴の記憶がまじりあい
星々の卵がびっしり空をうめていて

ぼくのからだは透き通り

桃色の内臓の奥のぼくの気持ちは
宇宙の果てまでひろがって
その先へとこぼれ落ちた

そしてぼくは帰ってきた
アンプの真空管のほのかな光をたよりに
そこに宿っているものもまた
ぼくの生きるあかしだと知っているから

是人啊　少年６

我是上了年紀的少年
是尚未出生的老人
無所不知的太陽
從幾億年前就默默地為我發光

我是人
不是蠶蜥也不是蘑菇
時而想變成積雨雲
時而又憧憬著抹香鯨

姊姊去年離開了這裡

留下用凹了的口紅
我可以哪兒都不去
因為世界上的任何一個地方都是這裡

在落葉的葉脈旅行
我描繪著生命的地圖
向著陰莖的指向
我的夢會醒吧

ヒトなんだ　少年6

ぼくは年とった少年で
まだ生れていない老人だ
何もかも知っている太陽が
何億年も前から黙って輝いていてくれる

ヒトなんだぼくは
イグアナでもマッシュルームでもなく
ときに積乱雲になりたがり
ときにマッコウクジラにあこがれて

姉は去年ここを出て行った

ちびた口紅を残して
ぼくはどこにも行かないでいい
世界中どこでもここだから

落ち葉の葉脈を旅して
ぼくはいのちの地図を描く
ペニスがするどく指し示すほうへ
ぼくの夢はめざめるだろう

彩虹之門　少年7

一艘痛苦的小船
在大家所用的語言之河中順流而下
我站在生命之岸
默默地嗅著水的氣味

再遙遠的地方
心也可以抵達
因此有所不知令人開心
即使知道了或許會更痛苦
在死於沙漠的士兵的身旁

最好湧出冰冷切膚的泉水
誰都沒有講過的故事
也最好從那裡突然開始

大概是曾經喜歡過什麼人吧　昨天
到底能喜歡上誰　明天
彩虹彷彿是通向何處的門
有一天我想鑽過那扇很容易消失的門

虹の門　少年7

みんながしゃべっていることばの河を
小さな苦しみの笹舟が流れてゆく
いのちの川岸にたたずむぼくは
だまって水のにおいをかいでいる

どんな遠いところまでも
こころは行くことができるから
知らないことがあるのはうれしい
知ることで苦しみがふえるとしても

砂漠で死んでゆく兵士のそばに

手を切るように冷たい泉がわくといい
そこからまだ誰も語ったことのない物語が
突然のように始まるといい

誰かを好きだったのだろうか　きのう
誰を好きになるのだろうか　あした
どこかへの門のように虹が立った
消えやすいその門をいつの日かくぐりたい

祖母說的話　少年8

「什麼都太多了」
坐在房間中央的祖母說
她把各種東西丟掉
還把事情當作沒有發生過
祖母的宇宙快要破碎了
因無數的星星
因不斷降生的嬰兒
因被說或被寫的人的語言
「什麼都太多了　太多了」

我父親的母親像念佛一樣重複這句話
因為她不認為過多是富裕
才變得講不出任何故事

眉毛變得稀疏卻可愛的祖母臉上
流淌著沖刷不掉的回憶
她在我心中
堆起了通往未來容易坍塌的圓錐形石堆

おばあさんが言うこと　少年8

「何もかも多すぎます」
部屋の真ん中に座っておばあさんは言う
いろんなものを捨ててきたのに
ないことにしてきたのに

おばあさんの宇宙ははちきれそうだ
数かぎりない星で
生まれつづける赤んぼうで
話され書かれるヒトのコトバで

「何もかも多すぎます　多すぎます」

念仏のようにくり返すのはぼくの父の母
多すぎるのに豊かだと思えないから
もうどんな物語も語れなくなっている

眉毛のうすくなったかわいい顔で
水に流しきれない思い出にもまれて
おばあさんはぼくの中に
未来への崩れやすいケルンを積む

哭泣的你

少年9

坐在哭泣的你的身旁
我想像你心中的草原
在我未曾去過的那裡
你對著無垠的藍天歌唱

我喜歡哭泣的你
如同喜歡笑著的你一樣
儘管悲傷無處不在
但它總有一天必將融入歡愉

我不問你哭泣的理由

即使是因為我的緣故
此刻你在我的手觸不到的地方
正被世界擁抱

在你滾落的一滴眼淚裡
蘊含著所有時代的所有人
我會向著他們說
我喜歡哭泣的你

泣いているきみ　少年9

泣いているきみのとなりに座って
ぼくはきみの胸の中の草原を想う
ぼくが行ったことのないそこで
きみは広い広い空にむかって歌っている

泣いているきみが好きだ
笑っているきみと同じくらい
哀しみはいつもどこにでもあって
それはいつか必ず歓びへと溶けていく

泣いているわけをぼくは訊ねない

たとえそれがぼくのせいだとしても
いまきみはぼくの手のとどかないところで
世界に抱きしめられている

きみの涙のひとしずくのうちに
あらゆる時代のあらゆる人々がいて
ぼくは彼らにむかって言うだろう
泣いているきみが好きだと

那個人　少年10

只是愛那個人
我的一生就結束了
之後死去的我
會繼續活在那個人的回憶中

在那個人頭頂上的遼闊藍天
曾經只是我一個人的
照著那個人臉頰的太陽
我也不給任何人

在白雪覆蓋的山那邊

有那個人居住的村莊
那個人或許在那裡生了孩子
被兒孫圍繞吧

幸福像幻影一樣不可捉摸
如同化石總是埋在地下
我已經正看著
那個人寧靜的雙眸

あのひと　少年10

あのひとを愛しただけで
ぼくの一生は終わってしまうだろう
そのあと死んだぼくは
あのひとの思い出に生きつづける

あのひとの上にひろがる青空は
ぼくだけのものだった
あのひとの頬を照らした太陽も
ぼくは誰にもわたさない

雪におおわれた山脈のむこうに

あのひとの住む村があって
そこであのひとは子どもを生み
孫たちにかこまれるだろう

幸せはまぼろしのようにはかなく
化石のようにいつまでも地下にある
ぼくにはもう見えているのだ
あのひとの静かなひとみが

音樂之二　少年11

不知在何時何地
誰彈起了鋼琴
超越時空的琴音現在依然
讓大氣震顫愛撫著我的耳朵
來自遙遠彼岸的甜蜜耳語
讓我無法解讀
我只能任其擺佈
如同隨風搖擺的樹叢
第一個音節是何時誕生的

在宇宙真空的中央
它彷彿是什麼物體發出的暗號
悄然而神祕

縱使天才也不會創造音樂
他們只是對意義摀住耳朵
卻對源自太古的靜謐
謙恭地豎起耳朵

音楽ふたたび　少年11

いつかどこかで
誰かがピアノを弾いた
時空を超えてその音がいまも
大気を震わせぼくの耳を愛撫する

はるかかなたからの甘美なささやき
それを読み解くすべがない
ぼくはただ身をまかせるだけ
風にさやぐ木立のように

初めての音はいつ生れたのか

真空の宇宙のただ中に
なにものかからの暗号のように
ひそかに謎めいて

どんな天才も音楽を創りはしなかった
彼らはただ意味に耳をふさぎ
太古からつづく静けさに
つつましく耳をすましただけだ

再見不是真的

少年12

告別晚霞
我遇見了夜
然而暗紅色的雲卻哪兒都不去
就藏在黑暗裡

我不對星星們說晚安
因為他們常常潛伏在白晝的光中
曾是嬰兒的我
仍在我年輪的中心
我想誰都不會離去

死去的祖父是我肩上長出的翅膀
帶著我超越時間前往某處
和凋謝的花兒們留下的種子一起

再見不是真的
有一種東西會比回憶和記憶更深地
連結起我們
你可以不去尋找只要相信它

さよならは仮のことば　少年12

夕焼けと別れて
ぼくは夜に出会う
でも茜色の雲はどこへも行かない
闇にかくれているだけだ

星たちにぼくは今晩はと言わない
彼らはいつも昼の光にひそんでいるから
赤んぼうだったぼくは
ぼくの年輪の中心にいまもいる

誰もいなくならないとぼくは思う

死んだ祖父はぼくの肩に生えたつばさ
時間を超えたどこかへぼくを連れて行く
枯れた花々が残した種子といっしょに

さよならは仮のことば
思い出よりも記憶よりも深く
ぼくらをむすんでいるものがある
それを探さなくてもいい信じさえすれば

不死

不死

你飛翔在
雲海之上
沒有翅膀
雖畏懼天空
卻也顯得輕鬆

你飛翔
不是逃離
也非追趕

因為愛
被大氣支撐

你飛翔
期望看不見的家家戶戶
探求看不見的河川水道
想像看不見的連綿山脈
高高地

你飛翔
俯瞰交替的王朝
眺望無數的蘑菇雲
被重力嫉妒
朝向不死

不死

不死

あなたは飛ぶ
雲海の上を
翼なく
空を畏れながらも
晴れ晴れと

あなたは飛ぶ
逃げるでもなく
追うでもなく

愛ゆえに
大気に支えられて

あなたは飛ぶ
見えない家々を望んで
見えない川筋を辿り
見えない峰々を思い描いて
高く

あなたは飛ぶ
交代する王朝を俯瞰し
いくつもの茸雲を眼下に
重力に妬まれて
不死へと

和兔子

他想
應該把兔子放在柔軟的草上
為了不使它受驚
輕輕地
將它放在春天柔軟的草上

雖然還未進入世界末日
正因為什麼事都不可靠
至少用自己的雙手
抱著兔子
走路
登山

甚至毫無目的地離開城市

沒有寫在書裡的
還留著
那個空白
和兔子一起

傾聽
混雜在風中的
那彷彿漸漸老去的預言之歌

兎と

兎を柔らかな草の上に
と彼は思う
怯えないようにそっと
兎を置く
春の柔らかな草の上に

世界はまだ終わりはしないが
何事も不確かだから
せめて兎を
自分の手で抱いて
歩いて
丘に登る

あてどない都市を離れて

本に書かれてないことが
まだ残っている
その空白に
兎といて

古びていく予言のような歌が
風に紛れるのを
聴く

樹下

孩子一個人
坐著
雙腿平伸
好像離誰都很遠
時光如霧靄籠罩著他的肩

月光照耀
陽光傾注
星星旋轉

誰也無法決定此地為何處
更無人知曉抵達這裡的路

青蛙仰望著孩子
大象正向孩子靠近
花朵仍含苞
世界在寂靜之中宣告著
孩子內心潛藏的秘密

孩子坐著
為了漸漸衰老的我們
微微一笑

樹下

子どもが座っている
ひとりで
膝を揃えて
誰からも遠く離れて
その肩を時が靄のように包んでいる

月が照っている
陽光が降り注いでいる
星々が廻っている

そこがどこか誰も決めることができない
そこに到る道を誰も知らない

蛙が子どもを見上げている
象が子どもに寄り添っている
花々はまだ蕾
世界は静けさのうちに告げている
子どもの内心にひそむ謎を

子どもが座っている
私たち老いてゆく者のために
かすかに微笑んで

我

作　　者｜谷川俊太郎
譯　　者｜田原
設　　計｜賴佳韋
特約編輯｜王筱玲
責任編輯｜林明月
行銷企畫｜林予安

發行人｜江明玉
出版、發行｜大鴻藝術股份有限公司　合作社出版
台北市 103 大同區鄭州路 87 號 11 樓之 2
電話：(02) 2559-0510　傳真：(02) 2559-0502
電郵：hcspress@gmail.com

總經銷｜高寶書版集團
台北市 114 內湖區洲子街 88 號 3F
電話：(02) 2799-2788　傳真：(02) 2799-0909

2017 年 12 月初版　Printed in Taiwan　定價 300 元

我 / 谷川俊太郎著；田原譯．
-- 初版．-- 台北市：大鴻藝術合作社出版，2017.12
224 面；13×18 公分
ISBN 978-986-93552-8-5(平裝)
861.51　106021702

最新合作社出版書籍相關訊息與意見流通，請加入 Facebook 粉絲頁。
臉書搜尋：合作社出版
如有缺頁、破損、裝訂錯誤等，請寄回本社更換，郵資將由本社負擔。